閱讀123

國家圖書館出版品預行編目資料

貓巧可環遊世界／王淑芬 文；尤淑瑜 圖
-- 第一版. -- 臺北市：親子天下, 2020.05
120 面；14.8x21公分. --（貓巧可；5）
（閱讀123；80）
ISBN 978-957-503-564-8（平裝）
863.59　　109001763

貓巧可5

貓巧可環遊世界

作者｜王淑芬
繪者｜尤淑瑜

責任編輯｜黃雅妮
特約編輯｜廖之瑋
美術設計｜蕭雅慧
行銷企劃｜王予農、林思妤

天下雜誌群創辦人｜殷允芃
董事長兼執行長｜何琦瑜
兒童產品事業群
副總經理｜林彥傑
總編輯｜林欣靜
主編｜陳毓書
版權專員｜何晨瑋、黃微真

出版者｜親子天下股份有限公司
地址｜台北市 104 建國北路一段 96 號 4 樓
電話｜（02）2509-2800　傳真｜（02）2509-2462
網址｜ www.parenting.com.tw
讀者服務專線｜（02）2662-0332　週一～週五：09:00~17:30
讀者服務傳真｜（02）2662-6048
客服信箱｜ bill@cw.com.tw
法律顧問｜台英國際商務法律事務所・羅明通律師
製版印刷｜中原造像股份有限公司
總經銷｜大和圖書有限公司　電話：（02）8990-2588

出版日期｜ 2020 年 5 月第一版第一次印行
2022 年 5 月第一版第十三次印行

定價｜ 260 元
書號｜ BKKCD142P
ISBN ｜ 978-957-503-564-8（平裝）

訂購服務
親子天下 Shopping ｜ shopping.parenting.com.tw
海外・大量訂購｜ parenting@cw.com.tw
書香花園｜台北市建國北路二段 6 巷 11 號　電話（02）2506-1635
劃撥帳號｜ 50331356　親子天下股份有限公司 www.parenting.com.tw

立即購買 >

貓巧可5

貓巧可環遊世界

文 王淑芬　圖 尤淑瑜

目次

POSTSERVICE AIRMAIL
NEW YORK
EXPRESS

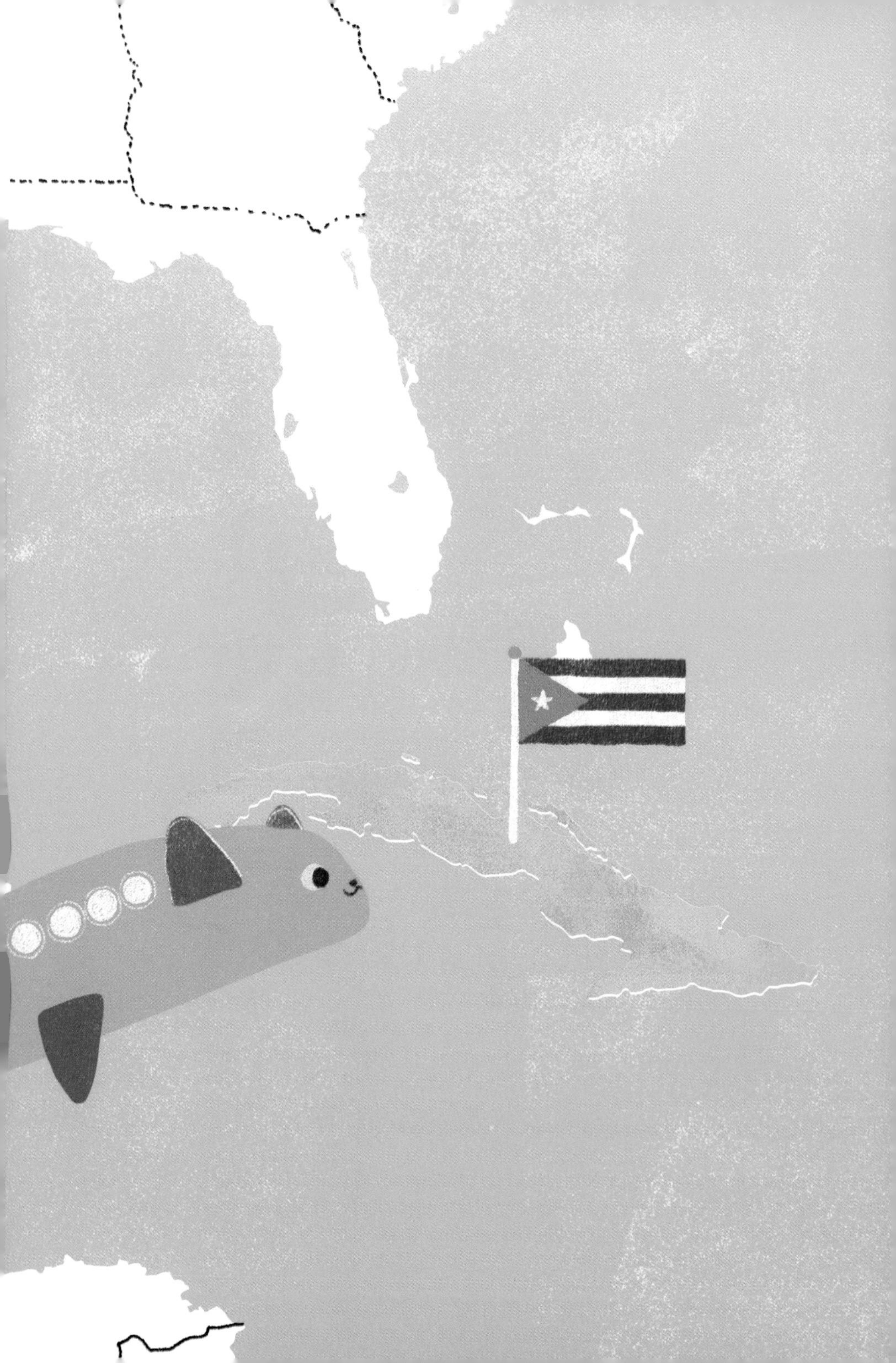

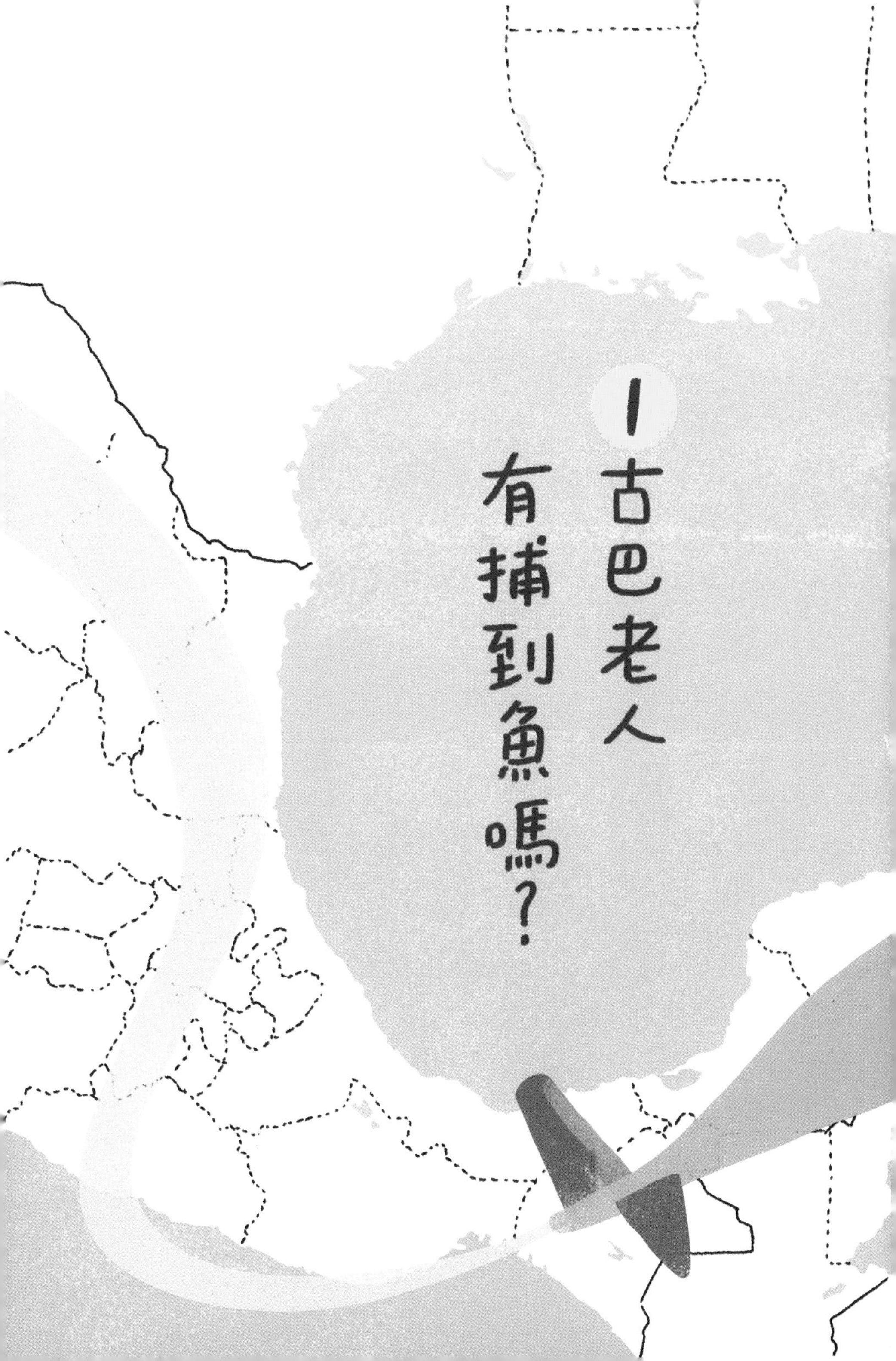

1 古巴老人有捕到魚嗎？

「好消息！」

一大早，貓巧可便到貓小花家，開心的問：「誰想跟我到世界各地去玩？」

世界各地？貓小花與貓小葉把手舉得高高的，大喊：

「我要！我要！」

原來，貓巧可最近收到幾封信，分別從國外寄來，希望邀請貓巧可到他們的國家去，為他們解決難題。

而且，還會請貓巧可吃美味料理。

貓小花轉頭對貓小葉說：「去之前，別偷懶，快去摺被子。」

貓小葉大叫：「回家後還要睡，何必摺？」

貓小花問：「照你的說法，剛才吃完早餐，何必洗碗？反正中午還要吃。」

貓小葉把洗好的碗放進烘碗機，沒說話，不過還是不滿意。他小聲的說：「摺被子跟洗碗又不一樣。」

說完，又轉頭問貓巧可：「不一樣，對不對？」

貓巧可笑了笑，說：「我們趕快出發。說不定，旅行途中，你自己會想出答案。」

媽媽幫他們準備好行李，三個人便快樂的搭乘「貓村世界號專機」出發了。這是貓村專門為想到各國旅行的人設計的。

貓村機場
登機口

第一站，他們來到古巴。古巴的大街上有許多十分漂亮的汽車，貓巧可說：「這些都是古董車，許多款汽車在其他國家已經見不到了，很珍貴呢。」

不過，貓小葉一直咳嗽，因為有人在抽菸。

貓小花說：

「那不是香菸，
是雪茄。」

貓小葉拉著
兩個人快步離開，
大叫：「我不喜歡
菸味，我們到
海邊玩。」

正巧，邀請貓巧可到古巴解決難題的人，就是一位老漁夫。

海邊的漁夫很老很老，一見貓巧可，便愁眉苦臉的指著他的小船，說出他的故事：「我啊，連續八十四天出海捕魚，卻都兩手空空的回家。第八十五天好運來了，竟然在海上發現巨大無比的魚。」

他還比給大家看，那條魚好大啊！比自己的小船還大。

哪知道，費盡千辛萬苦、花了好大力氣才抓到魚。可是魚太大了，沒辦法放進小船裡，只好綁在船邊，慢慢划回漁港。

貓小葉拍拍手，頭上長出一片大葉子，說：「恭喜老爺爺抓到魚。」

貓小花覺得事情一定沒那麼簡

單，問：「老爺爺，後來呢？」

老漁夫繼續說，眉頭更皺了：

「沒想到，回家路上，綁在船邊的大魚被海裡其他的魚吃個精光。回到漁港時，只剩下一付巨大的魚骨頭。」

姐弟倆一起大喊：「太倒楣啦！」

貓小葉嘆口氣，有了結論：「早知道就不要白費力氣抓那條大魚。」還補充一句：「就像我知道不必白費力氣摺被子，反正還要睡嘛。」

老漁夫問貓巧可：「我算白費力氣嗎？」

貓小花想了想，好像有點懂，又不確定。她也問貓巧可：「老爺爺終於捕到大魚，可是，大魚又被別的魚吃掉了。所以，老爺爺到底有沒有抓到魚呢？」

貓小葉的答案是：「當然沒有。」

哎呀，老漁夫瞇著眼，會不會快要哭啦？

貓小花趕快說：「不過，老爺爺一開始有捉到，一定很高興；畢竟，努力了那麼久。曾經捕到魚，就算有收穫。」她還對貓小葉說：「前天，你捉到一隻蝴蝶，開心的拿來給我看。我們欣賞完，又把牠放回花園。這樣，你到

底有沒有抓到蝴蝶呢？」

「有啊，我很厲害吧。」

貓小葉好得意。

沒想到，貓巧可並沒有針對老漁夫的問題，提出解答。反而又說了一個故事，主角是一個牧羊少年。

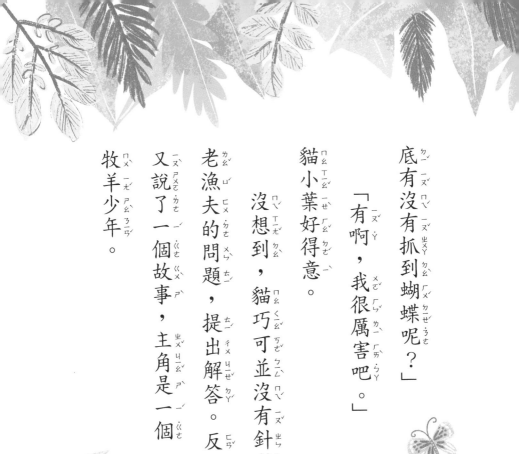

故事大意是：有個牧羊少年，做了一個夢，說他會得到寶藏。於是花費許多時間與精力，出發去尋找夢中提到的珍貴寶藏。沒想到，寶藏其實在他一開始做夢的地方，就埋在一棵大樹下呢！

貓小葉大喊：「好傻啊，又是白費力氣，繞了一大圈。早知道，一做完夢，起床後連被子都不必摺，趕快跑到大樹下去挖寶就好啦。」

貓小花問貓巧可：「老爺爺與牧羊少年，兩件事說的道理是不是都一樣？都是說，不管結果如何，過程還是最重要的。」

貓小花怕貓小葉不懂，又解釋給他聽：「比如，老爺爺雖然最後沒有吃到大魚，但是這條魚畢竟是他捉到的，不必真的吃到，也是屬於他的。」她又舉例：「就像你昨天很辛苦的幫媽媽烤了三片餅乾，自己沒吃，全

部都送給我。雖然餅乾在我的肚子裡，但是餅乾還是屬於你；因為你，才有這三片餅乾。」

老爺爺聽了，好像很滿意，不斷點頭。

貓巧可又補充：「牧羊的少年如果不出門，可能根本不會知道寶藏真正的地點，就算在樹下想一輩子也沒用。」

貓小花說：「所以，出門繞一

大圈，花的力氣，並不算白費。」

貓巧可最後說：「一件事到底值不值得做，有沒有價值，必須由自己決定。」他還說：「對我來說，來到陌生的古巴，在海邊與老爺爺聊天，就是很有意義的事。」

但是，這兩件事，跟貓小葉摺不摺被子，有關係嗎？

貓巧可問貓小花：「你認為摺被子是有意義的嗎？」

貓小花的頭上開出一朵大花：「沒錯！把被子摺得整齊，讓我的床看起來很清爽，我這一天就會有好心情。」

貓小葉眉頭皺起來了：「我沒有摺被子，心情好不好呢？」

老漁夫抱起貓小葉，說：「我請你們吃古巴的龍蝦，保證你的心情一定好。」

老漁夫雖然沒有將大魚帶回家，可是，幾天後捕到許多龍蝦呢。

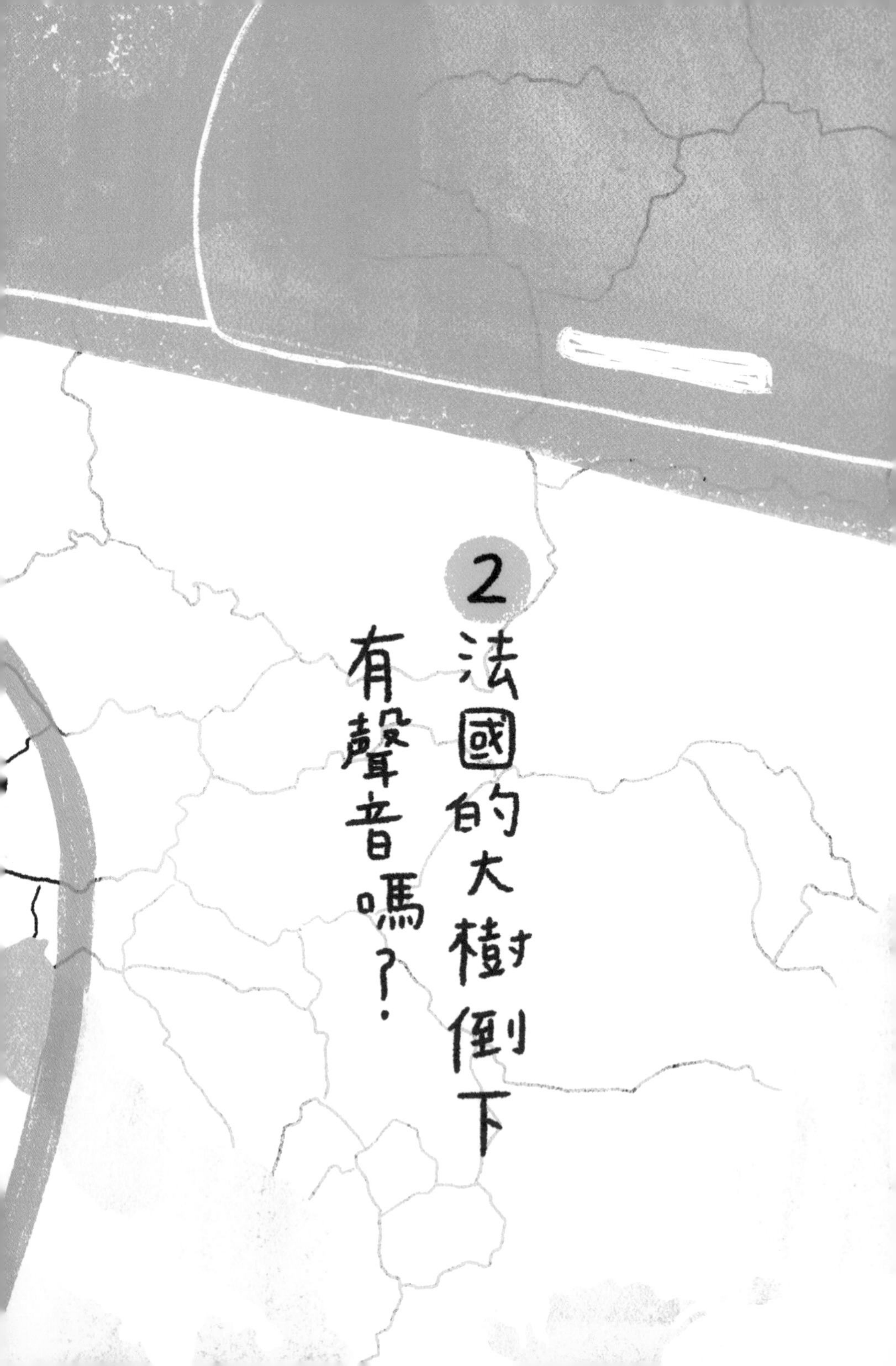

2 法國的大樹倒下有聲音嗎？

貓巧可環遊世界的第二站，地點是法國。他們一下飛機，馬上到巴黎鐵塔去拍照，還到一家「花神咖啡館」吃了法國甜點千層酥。最後，走進「莫內花園」賞花。

Café de Flore
AFE DE FLORE

花園裡開著五顏六色的花，貓小花眼睛好忙，一下子指著睡蓮說：「粉紅色，真迷人！」一下子指著雛菊說：「雪白的花瓣真美。」

連她自己頭上，都開出一大朵鮮豔的玫瑰花。

貓巧可回頭看見一串串紫藤，也興奮的說：「像是紫色的小瀑布。」

今天天氣真好，貓小葉指著臉上的太陽眼鏡說：「陽光好強，剛好戴上昨天買的太陽眼鏡。」

他們邊走邊吃圓形的小餅乾馬卡龍。貓小花繼續讚美眼前的雪白花海：「看哪，像天上的朵朵白雲，停在樹上休息。」

貓小葉卻說：「白雲？我看到的是灰灰的雲。」

貓小葉忘了他戴著深黑鏡片的太陽眼鏡，難怪白雲成了灰色的雲。

貓小花說：「我們平時都說：眼見為真，看到什麼，就是什麼。看來，有的時候，眼睛看見的，未必是

真的。」

她笑著摘下貓小葉的墨鏡：「比如，

明明是白雲，

你看到的

卻是灰雲。」

沒想到貓小葉不服氣：「誰說你們看到的才是真的？說不定，真正的雲其實是黑色，只是我們的眼睛結構很特別，讓我們以為看到的是白色。」

貓小花也笑了：「沒錯！誰說貓小葉是可愛的小貓，說不定他其實是隻大老鼠，只是我們的眼睛結構很特別，讓我們以為看到的是小貓。」

貓小葉大叫：「我真的是可愛小貓啦。」

這時，有個留著小鬍子的叔叔走過來，向貓巧可打招呼：「你果然來了！」

原來，這是邀請貓巧可到法國拜訪的笛叔叔，他的名字叫作「笛卡兒」。

笛叔叔問貓巧可的問題，實在太特別了：「請問，如果現在花園裡一個人都沒有，忽然有棵大樹倒下來，會有聲音嗎？」

貓小花與貓小葉姐弟倆一起說：「當然有！樹這麼高，倒下來的聲音一定很驚人。」

砰

「可是……」貓巧可提醒他們：「既然一個人都沒有，哪裡會有人確定到底有沒有聲音呢？」

貓小葉說：「因為東西倒下來一定有聲音，這是常識。」他還補充：「不論桌子、椅子、鍋子、杯子，倒下來都會砰的一聲。」

貓小花覺得這個問題好像沒那麼簡單，她說：「眼睛看見的，都不一定是真的了；如果耳朵沒聽到，可以保證一定是真的嗎？」

鏘
砰

笛叔叔摸摸鬍子，好像覺得貓小花的說法挺不錯。

貓巧可說出他的想法：「好久好久以前，就有無數的人在想這件事：如果一樣東西沒有被看到、聽到、摸到、聞到，甚至想到……，完全沒有被知道、感覺到，它算不算存在？」

沒有被任何一隻耳朵聽到的聲音，算不算有聲音？

貓小葉說：「如果我在學校大聲唱歌，媽媽在家沒聽見，不代表我沒唱出聲音啊。」

貓小學

貓巧可對貓小葉說：「你這個例子很好。應該說，對有聽見的人，比如你的老師與同學，你的歌聲是有的、存在的；可是對媽媽來說，因為沒聽見，她就沒辦法確定你有沒有唱歌。」

一朵櫻花飄下來，落在貓小花的頭上，現在，貓小花的頭上，除了快樂的開出一朵玫瑰花，玫瑰花上還躺著一朵櫻花。貓小葉拍拍手說：「玫瑰花一定正在想，櫻花是存在的，因為我摸到了。」

「對了，貓巧可，有沒有可能有一種情況，不必真的聽到或看到，卻保證一定有、真的存在？」

看來，貓小花對這個關於「有、沒有；存在、不存在」的問題，好像愈來愈有興趣。

貓小葉立刻回答：「我知道，答案就是世界上真的

有貓小葉！就算大象村的大象一輩子都沒看過我，也不認識我，我還是我，我是存在的。」

笛叔叔眼睛一亮，誇獎貓小葉：「哇，你說出了一句很厲害的話。」他還說：「其實，我曾經說過跟你一樣的話呵。」

那句話是：「我思，故我在。」意思是，當我在想事情時，因為確定知道自己正在「想」，表示世界上一定真的有「正在想事情的我」。

聽到誇獎，貓小葉太開心了，頭上長出一片油亮油亮的綠葉。

貓小花接著說：「可不可以將這句話改成：我唱歌，故我在；我跑步，故我在；我瞪你一眼，故我在。」

笛叔叔哈哈大笑：「我抱貓巧可一下，故我在。」

貓小花又問：「那麼，我睡，故我在，這句話可以嗎？」

貓小葉大喊：「睡覺時就沒感覺了！不行，不行。」

貓巧可解釋：「睡覺時因為無法清醒的說：『我正在睡覺。』所以就不能確定『正在睡覺的我』是存在的。」

笛叔叔說：「貓巧可，你果然很有想法。」然後，邀請大家：「我頭疼了，還是去咖啡館喝杯咖啡吧。」

Café de Flore
CAFE DE FLORE

3 你想吃哪一顆美國藥丸？

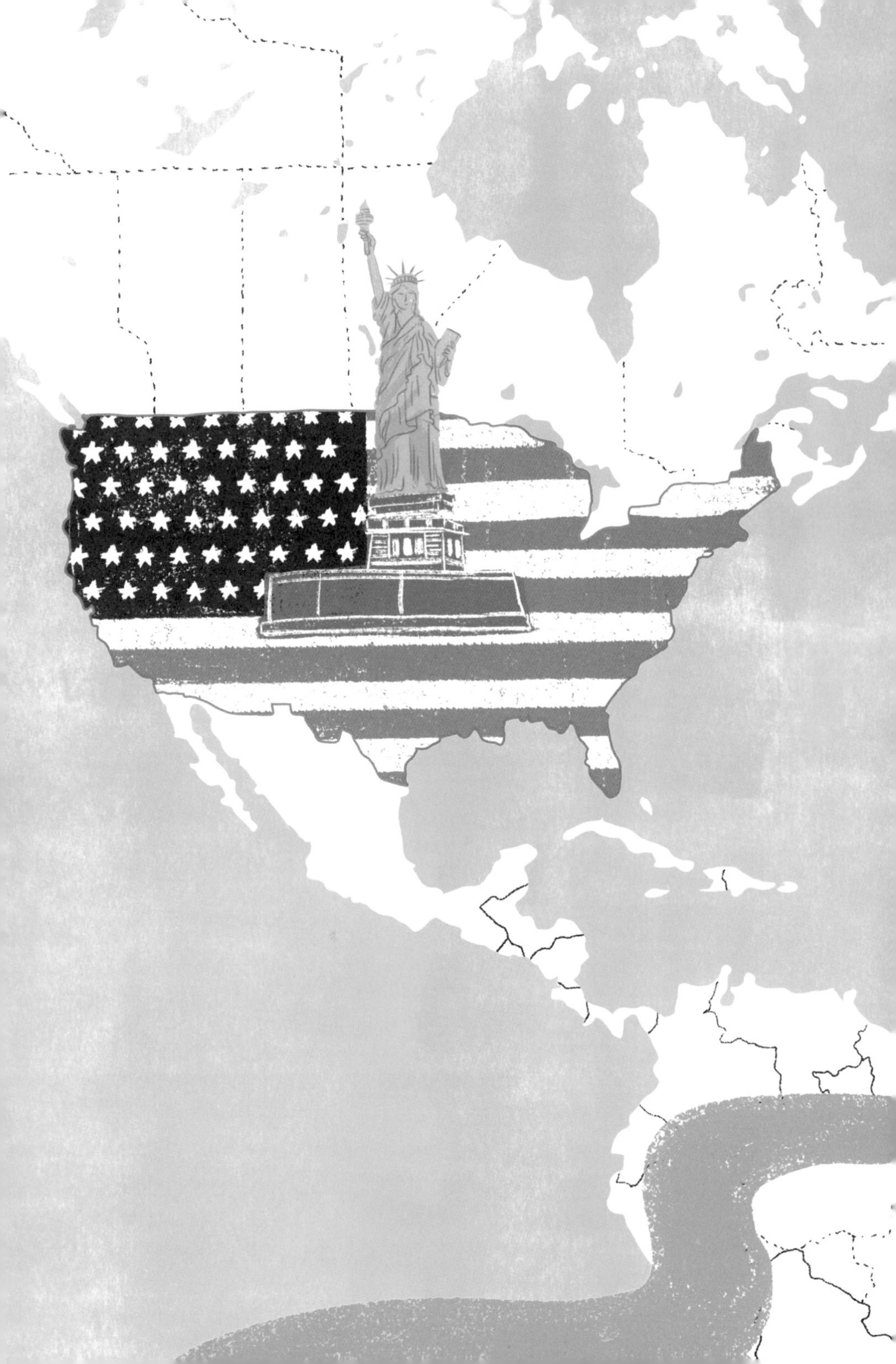

自從在法國討論「大樹倒下有聲音嗎？」，貓小花和貓小葉便常常以這個話題開玩笑。

比如，他們在飛往第三站美國的航程中，吃飛機上的麵包時，貓小花便說：「我吃，故我在。」看飛機上的電影時，貓小葉便說：「我看，故我在。」

不過，貓小葉看著看著，想起一個問題：「我們怎麼知道手中的麵包是真的？」貓小葉的意思是：「說不定是有一種機器，控制所有人的大腦，讓我們以為吃的麵包香噴噴的，但其實，麵包根本不存在。」

正在分送麵包的空中小姐聽了，笑著說：「我只知道，再一小時就到美國了。」她還問：「口渴嗎？想喝牛奶，還是開水？」

milk

貓小葉好煩惱：「我想喝開水，也想喝牛奶，怎麼辦？」

貓小花有解答：「可以一口開水，一口牛奶啊。」

「不行不行，這樣味道會互相干擾。」貓小葉很注重食物的原本口味。

貓巧可笑咪咪的說：「牛奶，還是開水？這兩個選擇很簡單，不管選什麼都好。」他補充說明：「到美國之後，可能有更難的選擇題。」

一下飛機，有個戴墨鏡的大哥哥，帶他們參觀自由女神與時代廣場。最後，還到蘋果園體驗摘新鮮蘋果的樂趣。貓小葉累了，一直喊：「我又渴了！應該喝蘋果汁，還是氣泡水呢？」

BANK
OF
AMERIC

戴墨鏡的大哥哥叫做尼歐，他拍拍貓小葉的頭，說：「蘋果汁還是氣泡水都好，都是簡單的選擇。若是要你選的是藍色藥丸還是紅色藥丸，那才不簡單呢。」

原來，尼歐哥哥邀請貓巧可到美國，是遇到一題困難的選擇題。

「我遇到的事情有點可怕喲。」尼歐哥哥說。貓小花與貓小葉忍不住抱在一起。

尼歐先介紹自己的興趣：「我平時喜歡玩電腦。」

接著把他遇到的怪事，向貓巧可報告：「上個月連續幾天，我不斷做奇怪的夢；夢中的我，好像不是真正的我，而且被一群穿西裝的古怪男生追趕。再仔細一看，這些西裝男生，全都長得一模一樣。」

貓小葉被姐姐抱在懷裡，眼睛瞪得大大的，好緊張的故事啊。

「然後，前幾天的夢裡，終於出現一個人，為我揭開答案。」

原來，尼歐在夢裡的奇怪感受，來自於一個可怕的真相：那就是我們以為的真實世界，其實一點都不真實。全世界的人其實是由一種機器統一栽培出來的。

聽到這裡，雖然知道那是尼歐哥哥的夢，貓小花還是小聲的驚呼：「哇，若是真的，那就太恐怖啦。」

尼歐繼續說著夢裡那個人說的事實：「所有人出生後，一輩子都躺在一個箱子裡。箱子裡有一條管子，把大腦與外部總控制的機器連在一起。透過控制器，讓躺在箱子裡的人以為自己正在走路，或是在看電影、在山上看風景、在公司跟人吵架。不過真相是，一切都是假的。」

「活在這個虛擬的世界，過得真精采真熱鬧。雖然都是假的，但是跳舞、唱歌、烤餅乾，每個動作，感覺上都像是真的。」

當然，那是因為控制器讓躺在箱子裡的「大腦」以為是真的。

這個夢讓尼歐哥哥感到很害怕，所以他想好好請教貓巧可。

「巧可，我覺得整個夢最讓我一直想不停的一幕，

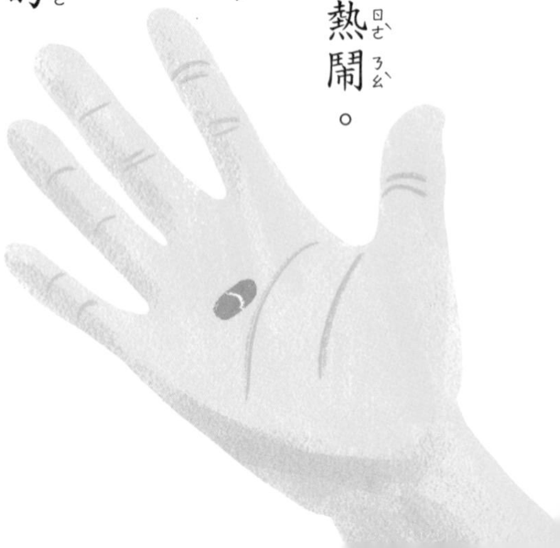

就是最後那個人伸出手，手掌心有兩顆藥丸。一顆是紅色，一顆是藍色的。」

那個人說：「吃了紅色藥丸，就會痛苦的發現，原來自己一直躺在箱子裡，以前過的快樂人生都是假的。若是吃下藍色藥丸，就不知道自己躺在箱子裡，可以無知的繼續過著自以為很快樂的生活。」

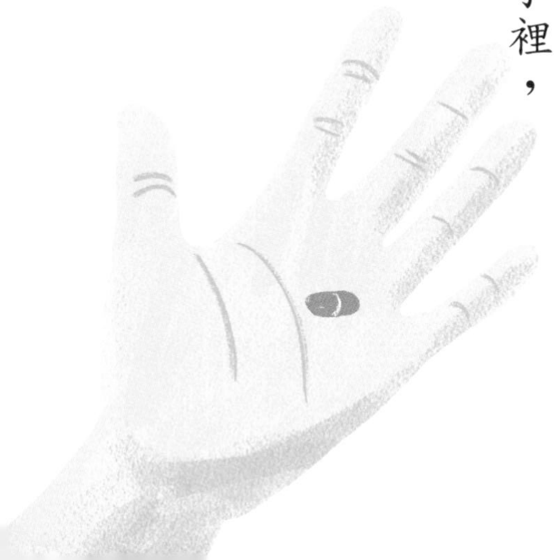

「你想選哪個？」

尼歐哥哥就是整天想著這個問題。

喝完冰涼的蘋果汁後，貓小花總算冷靜下來了。她說：「尼歐哥哥，還是別想太多，不要懷疑眼前的世界比較好。」

貓小葉說：「原來姐姐要選擇吃藍色藥丸。」

不過，貓小花還是有疑問：「要如何確定，吃下紅色藥丸以後，看到的世界就是真的呢？說不定那也是假的，是大腦被控制，讓人以為是真的。」

貓巧可點點頭：「沒錯，有些人對任何事都抱著懷疑的態度。像你這樣的人不少呢，這樣的人被稱為懷疑論者。」

貓小花立刻說：「我媽媽老是說，我爸爸是個懷疑論者。」

貓巧可說：「可能因為他是位科學家，所以對許多沒有證實的事，不輕易相信，總要想辦法求證。」

氫+氧=水

巧可還想到，有一次，貓小葉請爸爸買巧克力，還說：「貓小歪說吃巧克力會變聰明。」爸爸馬上提醒他們：「這句話是哪個醫生說的？或是，哪位科學家有發表過相關報導？據我所知，貓咪可不能吃巧克力。」

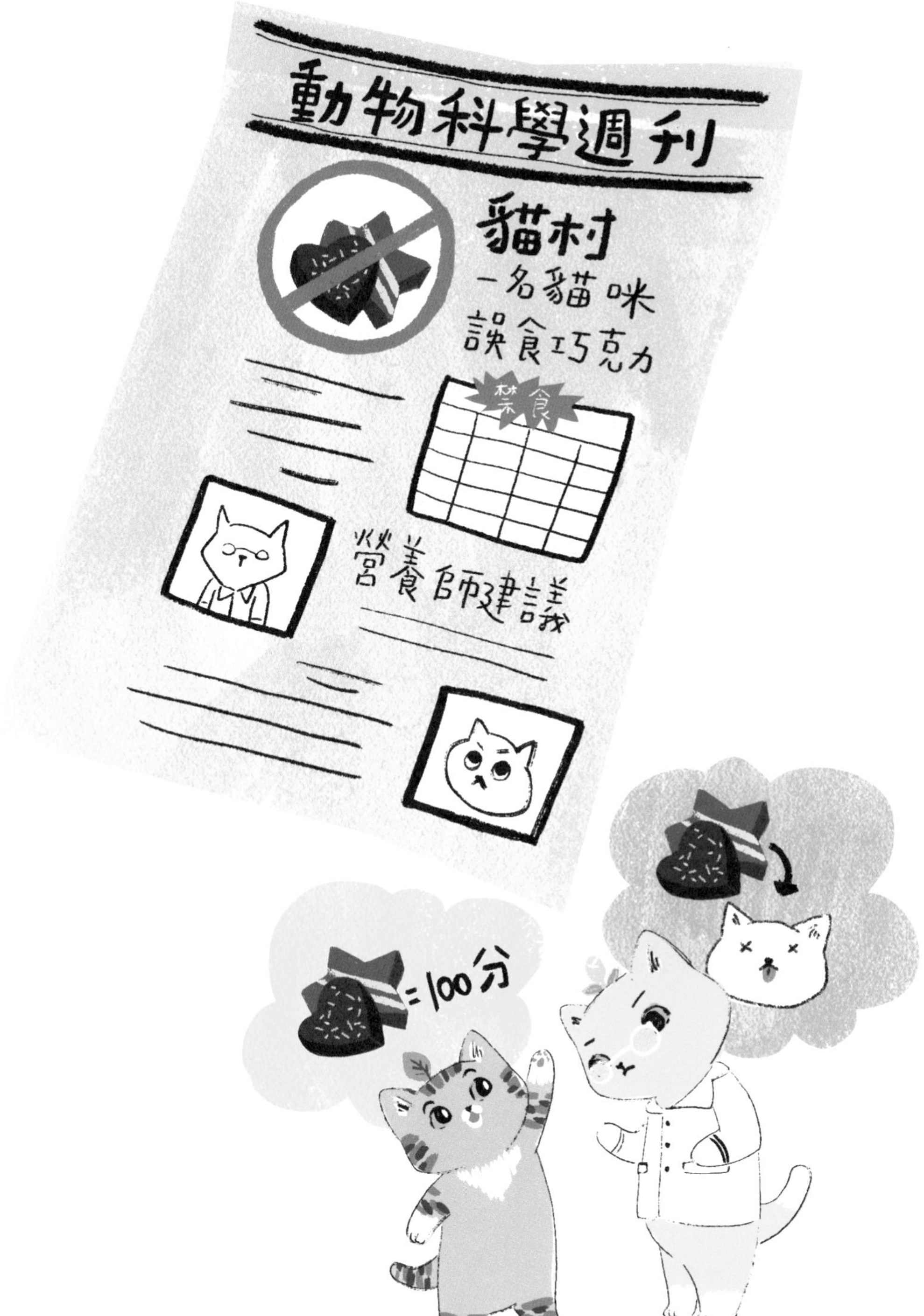
動物科學週刊
貓村
一名貓咪
誤食巧克力
禁食
營養師建議
=100分

貓巧可覺得尼歐哥哥太緊張了，做出緊張的夢，於是說了一個比較輕鬆關於夢的故事：「中國古代有一個人，做了夢，夢見自己是一隻蝴蝶，在空中自由自在的飛。醒來後發現自己是人，

所以他開始懷疑，我到底是人，在夢中變為蝴蝶；或是，我其實是蝴蝶，在夢中變為人？」

貓小花大叫：「天啊！所以現在的一切到底是真的，還是，我做了一個夢，夢見我們在喝蘋果汁？」

貓小葉搖頭說：「不管了。蘋果汁的好喝是不必懷疑的。」

貓小花抱住貓小葉，也說：「姐姐好愛你，這一點也不必懷疑。」

貓小花問貓巧可：「為什麼要懷疑這個、懷疑那個？想太多，頭快爆炸了。」

到底，人應該對所有的事情保持懷疑態度，還是相信理所當然的事，不必懷疑？

尼歐哥哥顯然也頭痛了，他邀請大家：

「不如，我請大家吃漢堡，十分美味，不必懷疑。」

4 英國的王子快樂嗎？

貓巧可和貓小花、貓小葉在美國吃了不少漢堡，貓小葉摸摸肚子，心滿意足的說：「真好吃，我覺得好快樂、好幸福！」

貓巧可的第四張邀請卡，正好跟快樂有關。那是英國的一隻燕子寄來的，不過，想問貓巧可問題的，是一位王子。

他們來到英國，天氣不太好，大霧讓整條大街顯得霧茫茫、路茫茫，幾乎快看不見眼前是什麼了。忽然，貓小花聞到一股香味，大喊：「是炸魚！」

太好了，他們走進路邊的小館子，喝下溫暖的茶，吃著香酥脆的炸魚跟薯條，覺得快樂起來了。

「叩叩叩。」一隻小燕子在窗外敲著。

貓巧可吃下最後一口炸魚，趕忙走到門外。小燕子看見貓巧可，便停在他的肩膀上，催促大家：「我們快走吧，快樂王子正在煩惱呢。」

原來，這位英國的王子，從小受到國王與王后的保護，住在「絕對不可以悲傷的城堡」裡，所以一輩子都不知道什麼是悲傷，很快樂，他的外號就叫做「快樂王子」。

快樂王子快快樂樂的過完一生，死了以後，王宮裡有人還請藝術家依照他的形象，做成一尊雕像，放在城市中央。王子的雕像全身都以貴重的寶石、金葉子來裝飾。小燕子有一天經過王子雕像時，停在他的腳邊睡覺，沒想到……。

貓小葉驚呼：「難道王子又活過來了？」

小燕子說：「雖然不是真的活過來，可是，我半夜裡被他的眼淚吵醒了。」

快樂王子的雕像，為什麼會流淚呢？他不快樂嗎？

他們來到王子雕像前，貓小花驚呼：「太美了！」陽光正巧劈開大霧，露出眼前金光閃閃的快樂王子。整座雕像不但有金箔裝飾，王子的寶劍上還鑲著一顆大大的紅寶石；而且，王子的眼睛，是閃著耀眼光芒的藍寶石。

貓小花注意到一件讓人有點害怕的事，她小聲的問王子：「你為什麼只剩下一隻眼睛？」

快樂王子嘆口氣，對貓巧可說：「這就是我要問你的問題。我應該繼續過著金光耀眼的快樂生活，不必管城市裡發生什麼悲傷的事；還是把我全身的珠寶都送出去？」

貓巧可聽完王子的話，明白了。他向貓小花與貓小葉解釋：「因為站在城裡，王子終於看見許多窮苦的人過著悲苦日子。前幾天，王子請小燕子叼著一顆眼睛裡的藍寶石，送給一個快要餓死、凍死的作家。」

快樂

貓小花連忙抱著快樂王子的腳，覺得有點想哭。她說：「如果你把全身珍貴的寶石都送出去，最後一定會被當垃圾拆下來丟掉。」

貓小葉也拉著王子的手，掉下一滴眼淚：「那樣的話，等於你又死掉了。」

快樂王子的問題很簡單，也很困難：「自己活得好、快快樂樂的比較重要，還是犧牲自己的快樂，讓別人快樂？」

貓巧可想了想，告訴王子：「對你來說，真理是什麼？」

小燕子跟貓小葉不知道什麼是「真理」。貓小花說明：「就是你覺得世界上最值得相信的道理。」她還舉例：「比如我就相信，姐姐與弟弟一定要相親相愛，這是我家信奉的真理。」

貓巧可也舉例：「有個喜歡思考的哲學家說過，如果有一件事，值得你為它奮鬥，甚至賠上自己的生命也行，那件事就是真理。所以，這位哲學家認為，人生中最重要的事，就是去找出哪些事值得我們這樣做。」

快樂王子的藍色眼睛在陽光下閃動著，彷彿在說：「我懂了。」

可是，小燕子卻不斷流下眼淚。

貓小花與貓小葉摟著小燕子，安慰他：「快樂王子已經找到真正的快樂，請別傷心。」

貓巧可告訴快樂王子：「只要有經過仔細思考，最後的選擇就是好選擇。」

他們告別快樂王子與小燕子，準備回家了。這趟英國的旅行，雖然有一點點感傷，但是貓小花也學到一件事：「自己一個人的快樂，不見得是最大的快樂。」貓小葉摸著要送給媽媽的禮物，一定也這麼想。

姐弟兩人一起對貓巧可說：「這趟環遊世界的旅行真有意思。謝謝你，貓巧可。」

作者的話

大家都是哲學家

文 王淑芬

給小朋友的話

貓巧可這套故事，想跟小朋友聊簡單的哲學。只要當你在思考時，你就是哲學家。哲學家最重要的任務，就是要不斷的想，針對問題想出答案。不過，更多時候，是愈想愈沒答案，這樣也沒關係，因為思考的過程已經有收穫了。就連史上最偉大的哲學家——古希臘的蘇格拉底，還曾說過：「我只知道一件事，那就是我什麼都不知道」呢。

貓巧可第5集裡，說了4個故事，分別是哲學裡重要的4個主題：什麼是重要的、真正的知識是什麼、為什麼要懷疑，以及世界上最值得相信的真理是什麼。

讀完故事，找機會跟爸媽、老師討論書裡的故事，看看大家又有什麼說法，會更有趣呵。當然，最重要的是你也有自己的想法了嗎？

貓巧可雖然是童話故事，但我主要是想藉著故事，跟孩子們聊聊哲學。哲學一點都不深奧，哲學就是持續發問、不斷追尋答案。

哲學探討的主題雖然很多，但基本上不外乎：討論價值觀、談論什麼是真正的知識、辯論真實與存在、什麼是真理等。

不過，跟孩子聊哲學，當然不需要嚴肅枯燥，主要在練習一種「不斷發問、質疑」的態度。所以，本書裡的4個故事，雖然以上述這些主題為軸心，讓貓巧可與好朋友們展開對話，但是如果親子共讀時，還延伸出更多面向的探討，那就太好了。

第一篇〈古巴老人有捕到魚嗎？〉，引用了美國小說家海明威的《老人與海》，以及巴西作家保羅．科爾賀的《牧羊少年奇幻之旅》，探討「價值觀」。究竟什麼是有意義的、重要的？

第二篇〈法國的大樹倒下有聲音嗎？〉，是一則古老的哲學命題，討論著人對外界的感知，屬於哲學中的「知識論」。你應該知道這題的答案有三個：有、沒有、不知道。答案是什麼並非重點，重點是你的論點是什麼。而故事裡的哲學名言「我思，故我在」，是法國哲學家笛卡兒的名句。

第三篇〈你想吃哪一顆美國藥丸？〉，情節借用了電影「駭客任務」。世界的一切都是真的，還是大腦要我們這樣以為的？我們真的有「自由意志」嗎？這是形上學歷久不衰的討論題。以及，我們該相信一切，還是懷疑一切？

第四篇〈英國的王子快樂嗎？〉，故事情節來自愛爾蘭作家王爾德的童話《快樂王子》。王爾德是英國重要作家，他的童話故事總是帶著點感傷，但也帶來思考。故事最後貓巧可引用的論點，是丹麥哲學家齊克果，他被視為「存在主義」的創立者，他主張「人必須重視自己的選擇」，因此，所謂最值得追尋的真理，是每個人主觀的選擇結果；對他來說，可以為之生、為之死的，才是真理。

要提醒的是，哲學向來沒有標準答案，貓巧可系列只負責提問，請大家不妨也享受一下「想破頭」的另類快樂。捷克德語作家卡夫卡甚至說：「我們應該只讀那些咬傷我們、刺痛我們的書」呢。

貓巧可不會咬傷大家，請開心的想著故事裡的問題吧。

閱讀123